句集

彩の糸

いろのいと

中山香代子

文學の森

序

石渡　旬

中山香代子さんが俳句を始めたのは五十四歳の頃だから、遅い出発であったと言ってよい。昭和六十二年春、先師中戸川朝人等が俳誌「方円」を創刊し、義兄でもあった朝人先生より「方円」の創刊号を手渡され、句作を勧められたことによる。

俳句を始める前、中山さんは、大塚末子きもの学院の通信教育を受けて指導者免許を取得された。教室を持つかたわら、呉服屋さんからの仕立てを頼まれるという、多忙な日々を送られていたと聞く。

四君子を縫ひ合はせをり萩の風

年の暮十字止めせし目の疲れ

木犀のこぼるる金のぼかし縫ふ

縫初めのさがして馴染む彩の糸

夕蝉や一目落しの躾止め

縫ふ腕を揮ふ子の無き七五三

今日の根尽きるまで縫ふ菊明り

鉤衽裁ちてより聴くつづれさせ

句作を始めてその年の冬季号に、日常ではあまり使われない裁縫の世界での独特な用語を使って句を作り出している。その句が掲句の冒頭の〈四君子を縫ひ合はせをり萩の風〉であり、雑詠四句欄に名を連ねるようになった。当時、会員の方から、「香代子さん上手いね。先生の手が入っているのでしょう」と聞かれた事があった。朝人先生から「香代ちゃん感性が良いね。驚いたよ」と聞かされていたので、その言葉は軽く聞き流してしまったが、その後、次から次と佳句を発表するようになって、広く注目を浴びるようになった。地味な仕事でありながら、失敗の許されない根の要る仕事である。それだけに裁縫の仕事に誇りを持ち、大切にしている思いが作品を介して伝わって来る。そして、どの句も季語と事柄がしっくりと絡み合っていて隙が無いのである。情趣ある一連の作は暖かく私達の心に染み入って来るのである。

子が少し離れて歩き卒業す
脛抱く思春期の子や梅雨長し
子の進路子に任せをり花柘榴
子離れの淋しき夫と花の昼
続柄養母と記す枇杷の花
三社祭声を嗄らして子が帰る
子の脇にフィアンセのゐる大旦
良縁と思うて帰る青田風
秋燈下子と検むる席次表

中山ご夫妻にはお子様が無く、知人の紹介で、五歳の男の子を養子として引き取られた。昭和五十六年の事である。名前は、昇君である。前句の中で、小学校を卒業される頃に詠われた句がある。一句目の〈子が少し離れて歩き卒業す〉は、昭和六十三年の「方円」陽春号に発表されたもの。はにかみ屋の少年らしさが良く捉えられている。そして社会人となり、恋人が現れ、結婚へと進む。折々に詠まれたこれらの句から、ご夫妻の昇君への親としての、気遣いや愛情が深く静かに行き渡っている事が汲み取れ、本当の親子の様な絆が結ばれている事に気付かされるのである。

胎の児が動くと言へり秋燈下
命名は真帆と決まりぬ雛飾る
秋の夜の掻い繰りかいぐりとつとの目
歩み初む真顔父似や大旦
祭好きの子が子を連れて妻連れて

はきはきと答が返り入園す

制服の園児凜々しき朝桜

昇君の結婚式は、平成十八年秋メルパルク横浜で挙行された。そして二十年の一月に可愛い女のお孫さんを授かるのである。親は子よりも孫が可愛いと言われるが、中山さんにはお孫さんに対してのべたべたさは無い。少し離れてクールな眼差しをもって、その成長を暖かく見守っておられる。

這ひ這ひの仕種の見ゆる麦の秋

平成二十四年、二人目のお孫さんを得た。男の子であった。二人暮らしの淋しい生活から、現在は六人の賑やか暮しにかわり、思いもよらない幸福な家庭生活を送られている。

剪口に兄の技みえひこばゆる

古希の秋上田紬の帽子買ふ

かりがねや分水嶺を今過ぐる

留袖の胸に溢るる冬薔薇
幸せを分け合ふ暮し秋燈下
白絣つくづく夫の長寿眉
他人の子を育て三十年母の日来
永らへて身幅詰めをりつづれさせ
透析の穿刺の痕や花蘇枋

句集『彩の糸』は、日常茶飯の中山さんの生き様を、衒う事なく穏やかに詠われている。兄妹思いはもとより、人様にも優しい。中山さんのこの生来の優しさは、誰にも愛されてやむ事を知らない。中学生の頃はバレーボールの選手として活躍されていた。今は透析に通われている身。安寧を祈り筆を擱く。

平成二十六年十一月吉日

句集　彩の糸／目次

題字　著者
表紙　著者愛蔵の着物より
装丁　文學の森装幀室

句集

いろのいと

彩の糸

昭和六十二年〜平成九年

初蛙パンつくる手の粉まみれ

青胡桃鍾乳洞を出て仰ぐ

四君子を縫ひ合はせをり萩の風

年の暮十字止めせし目の疲れ

子が少し離れて歩き卒業す

ローリエの香のある厨青嵐

たかんなややなかなか合はぬ丈かぶり

夜干梅登山疲れの子の眠り

色鳥や小布一色変へてみぬ

まんさくやもう書ききれぬ予定表

九十九髪刈り上げ沙羅を見てゐたり

秋袷スピーチのメモ懐に

対岸の声の届かぬ秋燈

衣被いつもとなりに姉のゐて

木犀のこぼるる金のぼかし縫ふ
ひえびえと垂れて金彩螺鈿の衣

雲上の風呂に一人や鳥渡る

縫初めや見難き地糸重ね接ぐ

うやむやになりし返事よ四月馬鹿

裁縫の手のあがりたる土用干し

脛抱く思春期の子や梅雨長し

スワン舟雲のかよへる夏の山

喝采を浴びて自然薯掘りあがる

日向ぼことところどころに囲み記事

縫初めのさがして馴染む彩の糸

ほどかれて花展の隅の枝折り桃

店構へ今も変らず初鰹

阿夫利嶺の木地師の家並新樹光

水中花テーブルクロスに魚の絵

山茶花の交ぜ垣過ぎて男子校

初霜や湯を滾らせて呼び起こす

鳥図鑑めくりしままに寝正月

割竹の束ね干しある花海棠

虫時雨催眠の壺押してをり

花木槿長姉主客に次姉亭主

白鳩の羽風を受ける蛇笏の忌

呼びかけて意識戻りぬ露しぐれ

焼物展添へし紅葉の反りてをり

言ふまじきことや山梔子実となりぬ

雲に丸みたんぽぽのみち馬車通す

囀りや旅は相部屋三姉妹

父母に繋ぐ鉄線咲かせゐて

夏草の崖刈り上げて停留所

躙り入る衣の真白き釣鐘草

羅の片袖を縫ひねむくゐし

ひかへめに生きるねがひに茄子の花

子の進路子に任せをり花柘榴

今日までの休みを夫の日向ぼこ

立ち戻り何に戻りしもがり笛

還暦の友の猟好き薬喰

わが癖を知り尽くしたる針納む

子離れの淋しき夫と花の昼

商ひのメモのびつしり花蘇枋

嫁してよりこちらの土手に蓬摘む

衣紋抜くかげんを得たり若葉風

失ひし五感の一つ鮎を焼く

カヌー漕ぐ川の行手の秋の雲

白菊や悲しきことは問はずゐて

欲しきもののなきこのごろや蒲団干す

冬雲の切れて針穴大きかな

寒の夜の見ゆる信号青青青

火消壺懐かしがりて三姉妹

目まとひに上毛三山揺らぐなり

亡き父の見様見真似の菊を挿す

水無月の花嫁に会ふ車寄せ

朝顔に約束の子を揺り起こす

夫が呼ぶ雲間の月を見て足りぬ

落花生軽き音して干しあがる

口ばかり先を走れる師走かな

骨組みにあらましが見え寒茜

磨崖仏仰ぐ時石あたたかし

切り花を地べたに包む春岬

糸底を切られし壺や梅三分

句碑建ちし山内さらに囀れり

勉学に齢を問はず竹酔日

長命水汲む湯の町に夏来る

人一人会はず蟹江の青田径

初蟬やつと横たはる治療院

厨ごと夫にまかせて茗荷汁

黄落やどの坂どこを曲りても

下草の手入れ届きし村小春

両岸の鳥を翔たしてどんど焼

梅の香や風囲ひして土産店

女湯に子宝洞や山笑ふ

トランペット谷戸田に止めば蛙鳴く

袷縫ふ指貫堅き病み上がり

向日葵や子の考へは見えてをり

嗅覚を病みてゐるなり水中花

夕蟬や一目落しの鯱止め

阿夫利嶺の水に磨かれ新豆腐

賑やかを好みし母やざくろの実

一品を持ち寄る会へ柚子きざみ

姫糊

平成十年～十四年

続柄養母と記す枇杷の花

鱈腹になりて帰る子三日了ふ

地境の杭十文字名草の芽

野晒しの臼の朽ちゆく桃の花

うぐひすの声のととのふ万歩計

単着て風さそひ入る躙り口

薄物や初対面とは思はれず

子を産まず芋の子いくつ切り離し

生垣に穴まどひゆく隙間あり

菊の香に咽せつつ水揚げ未だ続く

話し合ふ糸口つかむ実南天

病床より仕入れの指図年詰る

春一番死出の旅衣の縦結び

芽だし雨旅の体験吹きガラス

結婚記念日また誕生日花の宴

緑さす土間に賜る薄茶かな

今朝まさに雲上風呂やほととぎす

鳥おどし張る手元より風の立つ

髪切れば風素通りす秋の声

はじめての愚痴聞いてやる鰯雲

菜を間引く夫の掌量り二人分

木の実降る下にボールの行きたがる

齢には齢のリズム障子貼る

縫ふ腕を揮ふ子の無き七五三

思ひきり筋肉伸ばす金盞花

トランペット山に向け吹く浅き春

給料の封切つてある万愚節

ケーブルカーへ乗るに間のある心太

万緑や阿夫利嶺に汲む御神水

安川医院

毀つ家に思はず涙梅雨晴間

夕風に吾が名呼ばるる洗ひ髪

夕蟬や解きし帯皺手伸しして

いかづちや魔除け梵字の鋳抜門

初ちちろじつくり煮込むもの仕掛け

待合の露地の華やぐ秋袷

秋うららとととととと羊寄る

炉開きの胴炭つまむ指拭ふ

豊年橋大根干され薪干され

初みくじそれぞれを向き読みくだす
着く知らせありてより雪降りつもる

室は今苺が旬や雪明り

姉二人先に歩ませ梅の風

剪口に兄の技みえひこばゆる

囀りの高まり弓を射るところ

独り身の兄弟見舞ふ若竹煮

鉄線にまだある蕾兄逝けり

バラ多く仕入るや花舗の代替り

バス待つや梅雨に癖毛のあばれ出し

放水の閘門閉ざし野菊晴

タクシーにこぼる修那羅のゐのこづち

手打ち蕎麦屋の小上がりに待つ秋桜

参道に寄進燈籠菌照る

リュック解く高尾の柚子のころげ出し

身を削がる思ひのごとく黄落す

初点前乙女の膝の盛り上がり

顔に付く寝皺の深し霜柱

一の蔵の扉の厚し寒の内

神官も鳩を仰ぎぬ梅日和

農具小屋さんざんに錆び蕗の薹

走り根に歩幅を委ね木の芽道

谷間より声のぼりくる山ざくら

兄亡くて行く末見えぬ松の花

夏鶯光悦垣のめぐらされ

仏具屋に今は用無し心太

三社祭声を嗄らして子が帰る

きりぎしを支ふ走り根岩煙草

風鈴の風の分け入る身八口

誰も来ぬ日やばつさりと西瓜切る

数珠玉や夜来の雨に川濁り

姫糊に亡母の教へや雁渡し

鐘楼の磴を閉ざせり萩の雨

沙羅は実に固く結ばれ師弟句碑

新車来てバック・オーライ菊明り

ベトナム　二句

クチ地下壕出て眼鏡拭く秋じめり

アオザイの試し着をして冬隣

擂粉木を作る木の香や冬日向

菊明り

平成十五年〜十九年

寺町の嘗ての店の蓬餅

朝影の竹垣の径梅かをる

すいすいと改札抜ける春の服

青き踏むこの町の径知りつくし

針穴に亡母の顔あり朧月

バス降りてよりの夕虹円光忌

八重波は海のフリルよ風知草

夏怒濤やすらぎの鐘一つ撞く

日日草咲かせ小さき鉄工所

梅雨しとど胸に受け取る宅急便

好き嫌ひ言ふ子無視してメロン切る

縁台に対の座布団萩の風

隧道の一つは閉ざし秋の声

古希の秋上田紬の帽子買ふ

秋風のかたまつてくる石おとし

お手植ゑの松に御製や新松子

寄生木（ほや）を持つ白楊叩く秋日照雨

霧襖押し分けて行く道志みち

今日の根尽きるまで縫ふ菊明り

湖の富士を掻き消す片時雨

子の脇にフィアンセのゐる大旦

丸坊主皆に撫でられ寒燈

斎館の門扉開かれ冬の梅

岬宮に水汲みに来る名草の芽

桜東風色分けて組む予定表

そこにゐるだけで倖せ花の昼

薫風や幡立ち並ぶ平間寺

貝の口結ぶ手も老ゆ更衣

菖蒲剪る亡父の長柄の鎌使ひ

行行子風に乗るなり潮来舟

渓流の音を左右に螢飛ぶ

綴れ帯縢る糸引き蚯蚓鳴く

曼珠沙華無人売場は端境期

新松子二人して漕ぐスワン舟

夕野分逆らつてゐる換気扇

錦秋や琴を奏でる浮舞台

冬着購ふ野毛に戦後の話して

池尻に羽毛の溜まる十二月

歩みてふ菓子うすみどり初点前

縫初めや絹には絹の京の針

便乗を得し荷の香る室の花

梅匂ふ古木の囲む屋敷畑

山吹や岸の手摺に魚の絵

きつちりと組まれし護岸華鬘草

書の都水の都や百千鳥

筒袖に運ばれてくる海髪のいろ

水屋敷跡の碑桜の実

金柑の花やいくつの実を結ぶ

来ては憩ふ老人と犬百日紅

一つ身の子の目きらきら盆をどり

石よりも芝生を好み赤とんぼ

試飲して血の巡り出す昼の虫

擁壁の仮枠除かれ今日の月

かりがねや分水嶺を今過ぐる

零余子飯炊けて言葉の綾ほぐれ

蔀格子の塗師は白衣冬椿

埋火のごとく教への活きてをり

福詣一人一途に銭洗ふ

遺句集にまた目の潤む春の星

花菜漬け偶に来る子へ塩加減

蓬餅荒穂で点てし茶を啜る

北信五岳に雲の移ろふ八重ざくら

富士眩し次の樹間に朴の花

池尻に人の流れや花菖蒲

夏霧濃し高原を未だ抜けられず

良縁と思うて帰る青田風

病室の空埋めてゆく鰯雲

車椅子杖へと替はる花木槿

秋燈下子と検むる席次表

十月桜右折して直ぐ川となる

留袖の胸に溢るる冬薔薇

宿の名にさかや・東府や冬紅葉

大根煮は亡兄に敵はぬ試し汁

蠟梅や微笑む金の阿弥陀仏

名物裂の見立て屏風や貝雛

授かりし十指の自在針供養

身代り燈籠刃の痕もてり利休の忌

走り根を支ふ走り根風光る

つくばひに梵字一文字風光る

前庭に方池円島松の芯

疣までの病歴語る昭和の日

柱聯に漢詩一行風涼し

きざはしの半分は濡れ鴨足草

学内に薬医門在り山法師

梅雨館英世使ひし滅菌器

寡黙なる蟬が来てをり夫の留守

髪型は癖毛が決める秋袷

胎の児が動くと言へり秋燈下

鉤衽(おくみ)裁ちてより聴くつづれさせ

反射炉に口の数多や萩の風

汀まで丸石ごろた葛の花

父母の声が背を押す刈田道

煤の後納まりの良き同居の荷

行く末の姿の見ゆる根深汁

埋火

平成二十年〜二十六年

室の花ガーゼ干しては畳みやり

命名は真帆と決まりぬ雛飾る

姪甥の声が聞こえてあたたかし

接ぎ松や決潰知らぬ大堤

首据わる嬰と外に出づにほひ鳥

狛犬に戦禍の跡や青葉冷え

秋の夜の搔い繰りかいぐりとつとの目

花留に使ひし木槿父の忌来る

八角の大き敷石萩揺るる

茶の花の咲いてけぶらす傾斜畑

南より入りし外苑帰り花

歩み初む真顔父似や大旦

寒風に転がつて来る笑ひ声

春泥に塗れて稚児の散歩終ふ

青銅の鳥居を仰ぐ島の春

九十翁に幼と言はる昭和の日

きりぎしを削る潮騒松の芯

レンタカー出払つてをり燕の子

天削ぎの割り箸匂ふ夏料理

はつきりと「あした」と言へり風涼し

知りつくす町に新道日照草

極意十徳掲げ湯治場秋の蟬

夫がゐて子も孫も居て衣被

赤さ増すつる梅もどき富士に雪

金箔を散らす松茸土瓶蒸し

小春日の土手てくてくてくとてくてくてくと

梗塞の視力に馴るる初明り

砂埃払つてやりぬ帰り花

かちかちと魚に塩振り雪来るか

香木の一片を薫く春火鉢

喜の祝済ましあしたのしじみ汁

靫草鉢に咲かせて茶の師匠

祭好きの子が子を連れて妻連れて

南天の花咲き乱れ裏鬼門

単足袋厚みを持たぬ足の甲

門扉などつけぬ見取り図涼新た

真帆はもう席に座つて葡萄の夜

幸せを分け合ふ暮し秋燈下

柚子酸橘いろづく庭も仮住ひ

更地となる宅地見に行く神の留守

捨つるもの捨てて落ち着く冬椿

歩きつつ鳴らす口笛冬ぬくし

急逝の爺が残せし葱甘く

一頃の縫ひ胼胝消ゆる針祭

通り名は御茶壺橋や梅匂ふ

はきはきと答が返り入園す

竣工近き家を見に行く竹の秋

つくづくし杭の頭に距離標

制服の園児凜々しき朝桜

これからは洋間の暮し星涼し

白絣つくづく夫の長寿眉

墓地へ行く径を譲られ萩の風

満月や趣味に生かされ兄弟

けぶらせることなく焼いて青秋刀魚

かりがねや会へば一言づつで済み

寄せ書きに亡兄の一句や秋燈

小半日栢山に馴染み秋惜しむ

般若心経身内で唱和残る虫

甥の炊く昆布の匂ひ障子貼る

水仙の香に包まれて納骨す

語ること多くを残し年を越す

手作りの祝ひ肴に年の酒

埋火や役立つこともある齢

姉と偲ぶ義兄のことなど室の花

毛玉截る鋏を探す寒き春

鶯や水車ゆつくり廻り出す

姉上は妹おもひ桜餅

百本の桜満開わが寿陵

元農夫たりし兄の忌穀雨かな

這ひ這ひの仕種の見ゆる麦の秋

帯締めることも稀なり半夏生

睡蓮の巻葉解るる雨の寺

咲き了へし菖蒲疲れを深くして

つつがなき師の喜寿祝ふ紅葉晴

問診にいいえいいえと冬の梅

点滴の管の外され雪の富士

寒昴大和塀ある露天風呂

夜干梅星見てよりの熟寝かな

他人の子を育て三十年母の日来

父の忌の陰膳にまづ欠氷

不動大橋より渓見て戻る蟬しぐれ

穭田に続く酒匂川の松の土手

既往症いくつも持てり花木槿

永らへて身幅詰めをりつづれさせ

新大豆ふつくら煮ゆる夕厨

傘寿祝ぐ混声合唱菊日和

点滴に気力戻りぬ春隣

青空を賜りけふの花あふぐ

透析の穿刺の痕や花蘇枋

玉葱のカリウムが敵茹でこぼす

退院や真赤な木瓜の帰り花

句集　彩の糸　畢

跋

香代子さんの作品が「方円」に初めて掲載されたのは昭和六十二年冬季号(二号)である。

青胡桃鍾乳洞を出て仰ぐ

初めて俳句らしい俳句ができた、とおっしゃる一句だ。俳句の手ほどきを受けていた実兄である石渡芳美さんに見せたところ、俺より上手ではないか、と感嘆の声をあげたという。この嬉しいひとことが俳句に心を向かわせた。上木にあたり自選する際、季語が動くような句はなるべく削ったと伺った。季語ひとつで俳句は良くも悪くもなることを自得されていったことがわかる。

「方円」では昭和六十三年夏季号より、芳芽集の頁が組まれた。初代執筆者の故岡田飛鳥子氏が芳芽集の意義についてこう書かれている。

「やがて開花、結実を迎えるであろう詞華の芳しい芽生えをできるだけ広く雑詠欄に求め採り上げようとの意」

　続く初秋号にて氏が採択した香代子さんの一句は

　　ローリエの香のある厨青嵐

「内と外と相俟っていかにもすがすがしい趣」と評された。

平成十四年四月号で巻頭を得る。

　　顔に付く寝皺の深し霜柱

　朝人先生は「方円」深耕で「作者は従来より季語の扱いが巧みだ。気持ちをそこに託すすべを心得ている」と評された。その後〈姫糊に亡母の教へや雁渡し〉で二度目の巻頭を得ている。

　また香代子さんは結婚後和裁日本一と言われる大塚末子氏の通信教育に学び、自宅で教室を開くまでとなった。生来の手先の器用さと何事もおろそかにしない几帳面さを余すことなく活かされたのだ。それは句作の上でも遺憾なく発揮される。季節の言葉と出合う度、詩情を育てられていったのであろう。

縫初めのさがして馴染む彩の糸
姫糊に亡母の教へや雁渡し
今日の根尽きるまで縫ふ菊明り
針穴に亡母の顔あり朧月
永らへて身幅詰めをりつづれさせ

四十五歳を過ぎて養子を迎えられた。子育てに自分も育てられたとおっしゃるが生半可なことではなかったであろう。現在は三世代六人でお幸せである。初学の頃よりご家族への濃やかな親愛の情を詠われ、しみじみとした温もりをもたらしてくれる。

子を産まず芋の子いくつ切り離し
着く知らせありてより雪降りつもる

留袖の胸に溢るる冬薔薇
室の花ガーゼ干しては畳みやり
祭好きの子が子を連れて妻連れて
真帆はもう席に座つて葡萄の夜
これからは洋間の暮し星涼し
他人の子を育て三十年母の日来

和裁の他にも姉登志子の茶道の稽古に通ったり、旅をよくされた。ものを眼前にすること、己の五感を通して感じたことを詠う、を信条に旅はいっそう深く豊かなものになっていったに違いない。さりげない日常吟にも季語への感性が光る。この心情を支える季語は何か、を丁寧に探られている。

躙り入る衣の真白き釣鐘草
欲しきものなきこのごろや蒲団干す
亡き父の見様見真似の菊を挿す
切り花を地べたに包む春岬

鳥おどし張る手元より風の立つ
秋うららととととととと羊寄る
姉二人先に歩ませ梅の風
鉄線にまだある蕾兄逝けり
仏具屋に今は用無し心太
夕野分逆らつてゐる換気扇
蓬餅荒穂で点てし茶を啜る
天削ぎの割り箸匂ふ夏料理
かちかちと魚に塩振り雪来るか
かりがねや会へば一言づつで済み
夜干梅星見てよりの熟寝かな
問診にいいえいいえと冬の梅

十七文字に託された日記はまさに「いきいきと生きる己の現れ」である。気負うことなく衒うことなく、「私」を中心に据えて季語を大切に詠まれている。

和裁、旅、茶道、日常、家族。これらが彩の縦糸横糸となって織られた滋味あふれる一集となった。後年病がちになられたが、俳句への情熱、信条を太い芯として貫かれここに結実した。念願の句集のご上梓心よりお喜び申しあげます。こうして書かせていただけたことに感謝しつつ筆を擱く。

中戸川由実

小春の日に

あとがき

　俳句との縁は「方円」の創刊時に溯ります。義兄でもあった朝人先生より「俳句をつくりなさいよ」と、創刊号と使い古された歳時記を渡されました。その一声に、「方円」や歳時記を読みすすむうちに、俳句の何たるかを漠然ながらも摑んだような気がしてきました。季節の言葉の出会いが、眠っていた私の感性を呼び覚ましてくれたのです。

　何時も難しい本を読み、文章を書いていて、私には近寄り難い朝人先生でしたが、「方円」に入会してから、私の考えは一変しました。先生は、何事もプラス思考で、これがあの笑顔を齎しているのだと判りました。これを無言の教えと思って以来、私のマイナス思考は変りました。横浜のカルチャー教室へ誘われ、会員となって四年間、御指導を戴き、俳句の楽しさが味わえるようになって来たところで、体調が思わしくなく退会せざるを得なくなりましたが、今

の私が在るのは、朝人先生に二十四年間も育てて戴いたからだと思っておりま
す。

平成十三年、中山教室を指導されていた芳美先生が逝去され、その後、旬先
生が継がれ、現在まで御指導を受けています。この頃から良く旅に出ました。
ある吟行で「観光旅行をしていては駄目だ」と言われました。それからは、努
めて眼前の自然をゆっくり時間を掛けて観察するように心掛けました。その甲
斐あって、自然の方から近寄って来て「良く見て下さい」「聞こえますか」「感
じますか」と囁いてくれる様になりました。

私の初志でありました傘寿の記念に句集を出したいと言う願いがここに叶え
られました。ご多忙の中、序文を戴いた石渡旬主宰、跋文を書いて下さった中
戸川由実編集長、句集刊行にあたりお世話になりました「文學の森」の皆様に
厚くお礼申し上げます。

平成二十六年十二月の佳き日に

中山香代子

著者略歴

中山香代子（なかやま・かよこ）

昭和８年11月５日　神奈川県横浜市生まれ
昭和62年　「方円」創刊と同時に入会
平成15年　「方円」同人
俳人協会会員

現住所　〒226-0003　横浜市緑区鴨居5-7-6

句集　彩（いろ）の糸（いと）

発　行　平成二十七年二月四日
著　者　中山香代子
発行者　大山基利
発行所　株式会社　文學の森
〒一六九-〇〇七五
東京都新宿区高田馬場二-一-二　田島ビル八階
tel 03-5292-9188　fax 03-5292-9199
e-mail　mori@bungak.com
ホームページ　http://www.bungak.com
印刷・製本　竹田　登

ISBN978-4-86438-383-7　C0092